VENTE
Du 27 Mars 1908
HOTEL DROUOT, SALLE N° 11
à deux heures

OBJETS D'ART ET D'AMEUBLEMENT

Porcelaines - Faïences

BRONZES - PENDULES - OBJETS VARIÉS

Meubles - Sièges

TAPISSERIES, TAPIS D'ORIENT

Mᵉ **F. LAIR-DUBREUIL**, COMMISSAIRE-PRISEUR
MM. **PAULME & B. LASQUIN FILS**, EXPERTS

CATALOGUE

DES

OBJETS D'ART & D'AMEUBLEMENT

Porcelaines = Faïences

IVOIRES, GOUACHE, ÉMAUX, MARBRE

BRONZES — PENDULES

GROUPES, STATUETTES, VASES, LUSTRES, APPLIQUES, CANDÉLABRES,
CHENETS, PENDULES ANCIENNES

MEUBLES ANCIENS ET DE STYLE

COMMODES, ARMOIRES, BUFFET, VITRINE,
TABLES, ET HORLOGE D'ÉPOQUE LOUIS XIV, LOUIS XV ET LOUIS XVI, GLACES

Billard de match, bandes Brunswick

SIÈGES

TAPISSERIES ANCIENNES

Tapis d'Orient, Tentures

-

DONT LA VENTE AUX ENCHÈRES PUBLIQUES AURA LIEU

HOTEL DROUOT, SALLE Nº 11

Le Vendredi 27 Mars 1908

A 2 HEURES PRÉCISES

COMMISSAIRE-PRISEUR	EXPERTS
Mᵉ F. LAIR-DUBREUIL	MM. PAULME et B. LASQUIN Fils
6, rue Favart	10, rue Chauchat | 12, rue Laffitte

EXPOSITION PUBLIQUE

LE JEUDI 26 MARS 1908, de 2 h. à 5 h. 1/2

CONDITIONS DE LA VENTE

Elle sera faite *au comptant*.

Les adjudicataires paieront *dix pour cent* en sus des enchères.

Paris. — Imp. de l'Art, CH. BERGER ET Cie, 41, rue de la Victoire.

DÉSIGNATION

PORCELAINES, FAIENCES

1 — Paire de vases en porcelaine bleu-turquoise, décorés de médaillons à personnages. Socles en bronze doré.

2 — Deux lampes, faites de potiches, en ancienne faïence de Delft, à décor bleu. Monture bronze, de style ohinois.

3 — Paire de vases en porcelaine de Chine laquée noir, à décor de personnages, fleurs et oiseaux en couleur et or.

4 — Paire de bouteilles en porcelaine décorée : médaillons à oiseaux, fond jaune.

5 — Deux assiettes à bords lobés, vieux Sèvres, pâte tendre : bouquets de fleurs et filet bleu.

6 — Quatre assiettes à bords lobés et gaufrés, vieux Sèvres, pâte tendre : bouquets de fleurs.

7 — Compotier à pâte gaufrée, vieux Sèvres, pâte tendre : bouquets de fleurs.

8 — Petit tête-à-tête de poupée en porcelaine.

9 — Théière et tasse en porcelaine décorée dans le genre de Sèvres, fond bleu marbré et médaillons.

10 — Pot cylindrique avec couvercle, vieux Chine, décor bleu.

11 — Potiche, vieux Delft, décor bleu.

12 — Paire de vases à fond d'or et deux anses biscuit.

13 — Plat, vieux Japon, en couleur et dorure, à personnages.

14 — Deux petites vaches couchées, faïence de Delft, décor en couleur.

TABLEAUX, GRAVURES

15 — ÉCOLE FRANÇAISE. Sujet mythologique.

16 — ÉCOLE FRANÇAISE. Bouquets de roses.

17 — PATER (D'après). Réunion galante. Toile peinte.

18 — VASSELON. Fleurs des champs. Toile peinte.

19 — VASSELON. Panier de raisins. Toile peinte.

20 — Deux gravures en couleurs, par Sergent : Sujets tirés de l'Histoire de France. Encadrées,

IVOIRES, MARBRE
OBJETS DIVERS

21 — Vase couvert en ivoire sculpté, en bas-relief : Léda.

22 — Groupe de forme pyramidale en ivoire sculpté : figures et animaux.

23 — Presse-papier formé d'un petit éléphant en ivoire.

24 — Petit bas-relief en ivoire sculpté : Bacchanale. Cadre en bois noir.

25 — Étui de forme aplatie, ivoire, nacre et bronze. Travail japonais.

26 — Quatre petites boîtes rectangulaires, bois, ivoire et incrustations.

27 — Étui cylindrique à aiguilles, décor au vernis, personnages.

28 — Miniature ancienne sur vélin : Repas de noces. Cadre ajouré en argent.

29 — Gouache rectangulaire : sujet allégorique. XVIIIe siècle.

30 — Petit dessin ovale encadré, plume et aquarelle : Amours.

31 — Deux vases en argent repoussé, à têtes d'angelots. XVIIIe siècle.

32 — Coffret, à compartiments intérieurs, en marqueterie de paille. XVIIIe siècle.

33 — Christ dans un cadre ancien Louis XV, en bois sculpté doré.

34 — Couronne fermée en bois sculpté doré.

35 — Grand carafon, avec bouchon, en verre avec dorure. XVIIIᵉ siècle.

36 — Émail de Laudin : Portrait d'un cardinal.

37 — Médaillon ovale, émail peint en grisaille : la Lanterne magique.

38 — Panneau rectangulaire en marbre, à fenestrages ajourés.

39 — Petit vase émaillé bleu, monture cuivre doré. Style Louis XVI.

40 — Buste de Madame Récamier en marbre blanc.

41 — Quatre vitraux pour fenêtres, monture en fer.

BRONZES, PENDULES

42 — Vase en bronze patiné.

43 — Statuette en bronze patiné : Enfant au crabe.

44 — Statuette de femme assise, tenant une lyre, en bronze doré, sur socle rectangulaire.

45 — Statuette d'homme debout, les mains jointes, bronze patiné.

46 — Statuette en bronze patiné : Amour et son arc.

47 — Paire de vases, forme urne, en bronze poli.

48 — Miroir avec cadre orné d'un fronton en bronze ciselé et doré, de style Louis XVI.

49 — Groupe de trois enfants et dauphin, bronze patiné.

50 — Ancien mortier en bronze de cloche : petits médaillons au pourtour.

51 — Paire de bras-appliques, à quatre lumières, bronze patiné et doré. Restauration.

52 — Paire de flambeaux en bronze de Susse : Jean qui pleure et Jean qui rit.

53 — Paire de flambeaux en bronze et émail cloisonné.

54 — Petite statuette en bronze patiné : Fauconnier.

55 — Petit buste en bronze patiné, de *Barbedienne*.

56 — Deux petits bustes en bronze patiné : Jeunes filles, d'après Marin.

57 — Vase-support, porté par un enfant nu age-
nouillé, socle rectangulaire orné.

58 — Appareil d'éclairage pour billard en cuivre et
soie verte, système électrique.

59 — Lustre en bronze et cristaux. Style Louis XVI.

60 — Deux candélabres, à huit lumières, en bronze
ciselé et doré, garnis de cristaux. Style Régence.
Maison Denière.

61 — Lustre hollandais, à douze lumières, en cuivre
poli.

62 — Deux appliques, à trois lumières, en cuivre
repoussé, à mascarons et cariatides. Époque
Louis XIII.

63 — Christ en bronze sur croix en émail champ-
levé.

64 — Paire de candélabres, à trois lumières, formés
chacun d'une statuette de femme en bronze
patiné, sur socle en marbre, et portant un bou-
quet à rinceaux de bronze porte-lumières.

65 — Paire de grands chenets en bronze ciselé et
doré ; modèle à lions couchés sur une draperie.
Style Louis XVI.

66 — Paire de petits chenets en bronze ciselé et doré ; modèle à lyre. Style Louis XVI.

67 — Petit lustre électrique en bronze et cristal. *Maison Baguès.*

68 — Cartel-pendule en cuivre.

69 — Petite pendule supportée par un Atlas, bronze patiné. Restauration.

70 — Pendule en bronze, pieds à chimères.

71 — Pendule de forme contournée en bois peint, ornée de bronzes. Époque Louis XV.

72 — Petite pendule de forme contournée à pieds rocailles, corne verte et bronze doré, surmontée d'un amour. Époque Louis XV.

73 — Pendule en marqueterie de cuivre, garnie de bronzes, à figure de Renommée. Fin Louis XV.

MEUBLES, SIÈGES

74 — Petit guéridon oriental en marqueterie et incrustation de nacre.

75 — Deux petites consoles, surmontées de trumeaux en bois laqué blanc. Époque Louis XVI.

76 — Table à jeu en noyer sculpté, en partie dorée. Style Louis XV.

77 — Deux colonnes torses en bois noir.

78 — Table à deux étagères couvertes en ancien velours de Scutari.

79 — Guéridon en chêne sculpté, couvert d'un tapis en broderie ancienne sur fond rouge.

80 — Paravent à quatre feuilles en cuir peint, de personnages historiques sur fond d'or.

81 — Commode en bois de rose, garnie de bronzes, ouvrant à quatre tiroirs. Dessus en marbre. Époque Louis XV.

82 — Commode en marqueterie de bois de rose, garnie de bronzes, ouvrant à cinq tiroirs. Dessus en marbre rose. Époque Louis XIV.

83 — Console demi-lune, à tablette d'entrejambe, en bois de rose, ouvrant à un tiroir. Dessus en marbre gris. Époque Louis XVI.

84 — Buffet à deux corps en chêne sculpté, en partie vitré et ouvrant à deux portes. Époque Louis XV.

85 — Petite vitrine ouvrant à deux portes vitrées en marqueterie de cuivre. Époque Louis XIV.

86 — Glace avec encadrement doré à guirlandes, de style Louis XVI.

87 — Table de forme rognon, coiffeuse et liseuse, avec glace ou pupitre mobile, en acajou et cuivre. Époque Louis XVI.

88 — Commode ancienne Louis XVI en marqueterie de bois de placage : médaillon central à personnages. Dessus de marbre.

89 — Petit meuble d'entre-deux à hauteur d'appui, de style Louis XVI, en marqueterie de bois de couleur richement orné de bronzes ciselés et dorés, avec dessus de marbre. *Maison Nelson.*

90 — Commode droite, à trois tiroirs, en acajou, ornementée de bronzes, avec dessus de marbre. Époque Louis XVI.

91 — Armoire en bronze sculpté, à deux vantaux pleins. XVIIIe siècle.

92 — Horloge en chêne sculpté. XVIIIe siècle.

93 — Glace biseautée, dans un cadre en bois sculpté et doré, fronton à tête d'homme, rinceaux et guirlandes de fleurs.

94 — Commode en marqueterie de bois, garnie de trois tiroirs.

95 — Petite bibliothèque en noyer ciré et sculpté, à deux portes vitrées et trois tiroirs dans le bas.

96 — Bibliothèque en acajou, à moulures de cuivre, ouvrant à deux portes vitrées. Style Louis XVI.

97 — Grand billard de match en acajou, bandes Brunswick, avec accessoires.

98 — Jeu de billes en ivoire.

99 — Jeu de baraque.

100 — Table de nuit ovale, avec tablette inférieure, en acajou et baguettes de cuivre, dessus de marbre blanc et galerie ajourée. Style Louis XVI.

101 — Table de nuit ovale en acajou, ornée de bronzes. Style Louis XVI.

102 — Chaise cannée, bois sculpté peint. Style Louis XVI.

103 — Deux chaises cannées, bois sculpté. Époque Louis XV. Munies de coussins.

104 — Deux chaises en noyer sculpté, couvertes en velours frappé. Style Renaissance.

105 — Douze chaises hollandaises en chêne sculpté et paillées. Six de ces sièges sont munis de coussins en velours.

106 — Chaise en chêne sculpté, couverte en ancienne tapisserie à décor de fruits et de cariatides. Époque Louis XIII.

107 — Deux chaises hollandaises en chêne sculpté, couvertes en cuir repoussé.

108 — Fauteuil recouvert en velours de Gênes, à bouquets de fleurs. Style Louis XIII.

109 — Deux fauteuils recouverts, l'un en ancienne tapisserie au point, l'autre en imitation de tapisserie. Style Louis XIII.

110 — Ameublement de salon composé de : un canapé, six fauteuils et deux chaises en bois sculpté, couverts en velours de Gênes rouge, à décor de vases fleuris. Époque Régence. (Deux sièges sont modernes.)

111 — Deux chaises en bois sculpté, garnies en ancien cuir repoussé, à décor doré.

112 — Canapé et quatre chaises légères en bois sculpté et doré, garnis en ancien brocart fond crème.

113 — Meuble de salon en bois laqué gris, de style Louis XVI, garni en tapisserie d'Aubusson, à vases de fleurs et rinceaux, contrefond vert. Composé de : un canapé, deux fauteuils et deux chaises.

114 — Ameublement de salon en bois sculpté doré, de style Louis XVI, recouvert en tapisserie moderne d'Aubusson, à paniers fleuris et chutes de fleurs encadrés de rinceaux. Il comprend : un canapé et quatre fauteuils.

115 — Canapé-divan en imitation de tapisserie.

116 — Canapé garni de velours vert frappé.

TAPISSERIES
TENTURES, TAPIS D'ORIENT

117 — Tapisserie flamande d'époque Louis XIV, à sujet mythologique. Encadrement de bordure à chutes de fleurs, cartouches et figures.

118 — Tapisserie verdure, fond de château et volatiles au premier plan. Encadrement de bordure à palmes et ornements. Flandres, Louis XIV.

119 — Tapisserie verdure analogue à la précédente. Même époque.

120 — Tapisserie flamande à personnages : sujet tiré de l'histoire ancienne. Bordure sur trois côtés.

121 — Tapisserie analogue à la précédente. Bordure sur deux côtés.

122 — Tapisserie verdure, encadrée de bordure à fleurs. Époque Louis XIV.

123 — Fragment de tapisserie flamande à personnage xviie siècle, et deux morceaux de bordures en ancienne tapisserie.

124 — Tapisserie rectangulaire flamande du xviie siècle : paysage, bergère et vaches. Encadrement de bordures.

125 — Tapisserie flamande du xviie siècle : grands personnages sur fond de verdure.

126 — Tapisserie verdure. Flandre. Époque de Louis XIV.

127 — Tapisserie Louis XIV représentant des personnages offrant des présents à une reine ; large bordure à rinceaux.

128 — Petit panneau en ancienne tapisserie, représentant l'Enfant Jésus entouré de fleurs, avec inscription gothique dans le haut.

129 — Feuille d'écran en ancienne tapisserie à vase de fleurs et nœuds de rubans.

130 — Portière, formée d'un fragment d'ancienne tapisserie.

131 — Trois pièces pour tabourets ou coussins en ancienne tapisserie au point. (Parties restaurées.)

132 — Tapis de table en velours vert brodé, orné d'applications et d'un écusson aux armes d'un cardinal.

133 — Huit rideaux ou portières en Karamanie.

134 — Coussin long en velours et broderie.

135 — Tapis carpette de Perse.

Long., 5 mètres ; larg., 2 m. 50 cent.

136 — Autre carpette de Perse plus petite.

137 — Deux coussins en broderie orientale, fils métalliques sur fond rouge et bleu.

138 — Deux cantonnières en étoffe peinte, imitation de tapisserie d'Aubusson.

139 à 150 — Douze carpettes anciennes d'Orient.

9 782329 288772